Originaltitel: The Story of Angulimala

Erstveröffentlichung: 2013

Herausgeber:
Tharpa Verlag Deutschland
Sommerswalde 8
D-16727 Oberkrämer

Der Tharpa Verlag hat überall auf der Welt Niederlassungen. Tharpa Bücher
werden in den gängigsten Sprachen veröffentlicht.

ISBN 978-3-908543-55-8

Satz: in Candara, Tharpa-Verlag

Druck: CPI Group Ltd, Croydon, CR0 4YY, GB

Die Geschichte von Angulimala

GESHE KELSANG GYATSO

Buddhismus für Kinder Stufe 1

THARPA VERLAG
DEUTSCHLAND • SCHWEIZ

Die Geschichte von Angulimala

Es geschah vor langer Zeit in Indien. Da erlangte Buddha Shakyamuni unter dem Bodhibaum in Bodh Gaya die Erleuchtung.

Einige Zeit später baten ihn die Götter Brahma und Indra allen Wesen zu zeigen, wie sie zur Erleuchtung gelangen.

Fortan unterwies Buddha Shakyamuni die Menschen dieser Welt, wie man Leiden und Probleme überwindet, wie man ruhig und friedvoll wird, und liebevoll und freundlich zueinander ist.

Buddha wanderte von Ort zu Ort. Überall, wo er Halt machte, unterrichtete er die Menschen in Liebe, Mitgefühl und Weisheit.

Er zeigte ihnen, wie sie mit ihren täglichen Schwierigkeiten umgehen können: mit Sorgen, Streit, dem Gefühl krank oder erschöpft zu sein und dem Ärger, wenn sie etwas nicht bekommen, dass sie sich wünschen oder etwas ertragen müssen, das sie nicht wollen.

Buddha erklärte den Menschen, wie sinnlos es ist, sich über diese kleinen Probleme zu grämen. Stattdessen können wir unser Leben nutzen andere zu lieben und ihnen zu helfen, Weisheit zu entwickeln und schließlich erleuchtet zu werden. Dann werden wir selbst immer glücklich sein und können anderen helfen ebenso glücklich zu werden.

Eines Tages kam Buddha in ein Dorf. Es sah verlassen aus. Die Hütten schienen leer zu sein. Über allem lag eine große Stille. Plötzlich stürzte eine junge Frau schluchzend aus einer der Hütten. Sie lief auf Buddha zu und rief:

„*O Buddha, lieber Herr, bleibe nicht in dieser Gegend. Hier treibt ein Verrückter sein Unwesen. Es ist Angulimala. Er besitzt eine Axt und damit hat er schon 999 Menschen getötet! Lieber Buddha, bleibe nicht hier. Es ist zu gefährlich.*“

Buddha blieb ganz gelassen. Freundlich lächelnd sprach er:

„*Ich danke dir für deine Fürsorge. Aber sei unbesorgt. Mir wird nichts geschehen.*“

Buddha setzte seine Wanderung auf der menschenleeren Straße fort. Doch die Frau lief ihm nach, stellte sich ihm in den Weg und flehte ihn abermals an:

„*O Buddha, bitte kehre um.*
Er ist sehr gefährlich.
Er wird dich töten!“

Buddha bat sie sanft, sich wirklich nicht zu sorgen und wanderte danach weiter.

Nach einer Weile hörte Buddha großen Lärm in der Ferne.

Er wandte sich um. Weit hinter sich sah er einen Mann brüllen und mit Waffen klirren. Er konnte sehen, dass dieser Mann eine Kette aus Fingern um seinen Hals trug!

Buddha blieb stehen und setzte seine Wunderkräfte ein. Dadurch konnte Angulimala ihn nicht einholen, ganz gleich wie schnell er auch versuchte, hinter Buddha herzurennen.

Er rannte immer schneller und schneller, bis er vollkommen erschöpft war. Schließlich rief er Buddha zu:

„*Halt an! Halt an!*“

Buddha antwortete:

„*Angulimala, ich habe längst angehalten. Du bist es, der anhalten muss.*“

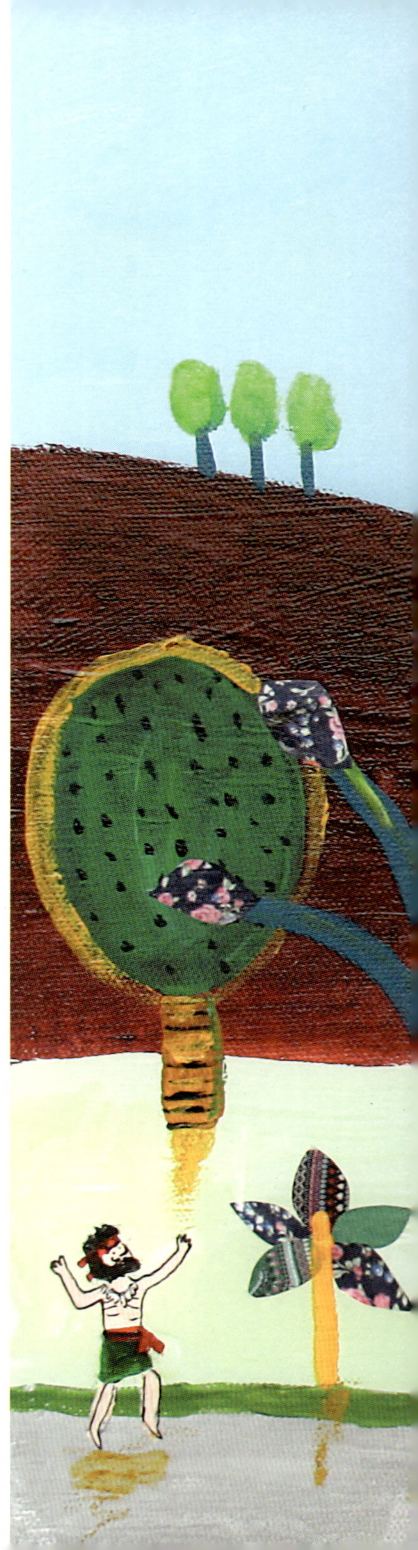

Er aber wollte seine Axt auf Buddha schleudern. Doch er konnte es nicht!

Er versuchte Buddha mit
bloßen Händen zu packen.
Doch er konnte es nicht!

Sanft bat Buddha Angulimala, sich zu beruhigen und sich zu ihm zu setzen. Und Angulimala, einfach weil er in Buddhas Nähe saß, spürte etwas ganz Besonderes und wurde sehr friedvoll. Zum ersten Mal seit langer, langer Zeit fühlte er sich anders – er war nicht mehr wütend. Lange Zeit saß er da und betrachtete verblüfft den Buddha. Er dachte:

„*Dies ist das erste Mal, dass ich jemandem begegne, der keine Angst vor mir hat.*“

Dann, innerlich ruhig geworden, fragte Angulimala Buddha:

„*Was meintest du damit: ‚Ich habe schon längst angehalten. Du bist es, der anhalten muss‘?*“

Buddha erwiderte:

„*Ich will dir damit sagen, dass ich schon vor langer Zeit angehalten habe, anderen zu schaden. Deshalb habe ich vor niemandem Angst, auch nicht vor dir. Nun musst du anhalten und aufhören, anderen zu schaden. Dann wirst auch du von zukünftigem Leiden und aller Angst befreit sein.*“

Angulimala war Buddha für seinen Rat so dankbar. Er legte vor Buddha das Versprechen ab, damit aufzuhören anderen zu schaden und sie auch nicht zu töten. Er begann zu verstehen, wie schrecklich es ist wütend zu sein. Wut schadet uns selbst und anderen. Sie ist die Hauptursache für allen Streit und alle Kriege in dieser Welt.

Angulimala wollte nicht länger wütend sein. Er warf seine Waffen weg. Er riss sich die Kette aus Fingern vom Hals. Er fühlte, wie ihm ein riesiger Stein vom Herzen fiel und spürte tiefen inneren Frieden.

Mit der Zeit, ganz allmählich, verwandelte sich Angulima, weil er sich Buddha zum Vorbild nahm. So änderte er sein ganzes Leben und lernte, zu jedermann freundlich, weise und mitfühlend zu sein.

Diese Geschichte zeigt euch, dass wir alle durch Buddhas Segnungen unser Leben in ein friedvolles, glückliches und sinnvolles Leben umwandeln können. Selbst diejenigen können das, die ein elendes Leben führen, einen sehr wilden Geist besitzen und anderen Schaden zugefügt haben.

Der Autor

Geshe Kelsang Gyatso, oder Geshe-la, wie er von seinen Schülern liebevoll genannt wird, ist ein international bekannter buddhistischer Meditationsmeister und der Wegbereiter für die Einführung des modernen Buddhismus in die heutige Gesellschaft.

Durch sein persönliches Vorbild, seine öffentlichen Unterweisungen und Schriften zeigt er, dass jeder, ganz gleich ob Buddhist oder Nichtbuddhist, lernen kann, weiser und mitfühlender zu werden, indem man Buddhas Rat befolgt.

Geshe Kelsang ist der Gründer des Internationalen Kadampa Schulprojekts, das im September 2012 mit der Eröffnung der ersten Internationalen Kadampa Grundschule in Derbyshire (England), ins Leben gerufen wurde.

Kinder, die in der Kadampa Grundschule, Derbyshire (England) meditieren.

Die Reihe *Buddhismus für Kinder:*

Die Reihe **Buddhismus für Kinder** lädt Kinder auf eine Reise der Selbstfindung und Selbstentwicklung ein, damit sie ihr ganzes Potenzial verwirklichen können.

Das Ziel ist nicht, Kinder zum Buddhismus zu bekehren. Es geht einfach darum zu zeigen, dass jedermann, ob Buddhist oder Nichtbuddhist, etwas aus Buddhas Unterweisungen lernen kann.

Diese Bücher richten sich in einer altersgemäßen Weise an die Leser. Anhand des Lebens und der Lehren Buddhas werden viele Probleme und Sorgen angesprochen, mit denen Kinder heute konfrontiert sind.

Diese Bücher sind in erster Linie für Kinder geschrieben. Dennoch können sie für alle eine große Hilfe sein, die an einer klaren Darlegung der Essenz des Buddhismus und wie er im modernen Leben angewandt wird interessiert sind.

Weitere Bücher, Audioprodukte und Kunstdrucke über Buddhismus und Meditation unter: **www.tharpa.com**

Buddhismus für Kinder, Stufe 1
Die Geschichte von Angulimala

Buddhismus für Kinder, Stufe 2
Die Geschichte von Buddha

Buddhismus für Kinder, Stufe 3
Was ist Buddhismus?

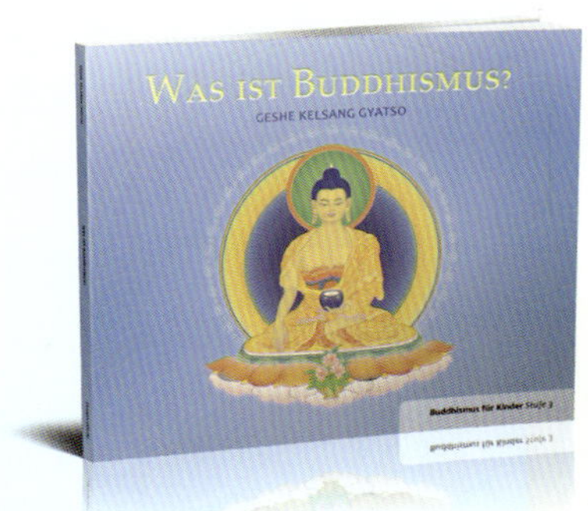

Buddhismus für Kinder, Stufe 4
Was ist Meditation?